www.loqueleo.com/es

2016, Santillana Infantil y Juvenil, S. L.
Avenida de los Artesanos, 6. 28760 Tres Cantos (Madrid)
Teléfono: 91 744 90 60

ISBN: 978-84-9122-025-1
Depósito legal: M-37.644-2015
Printed in Spain - Impreso en España

Segunda edición: octubre de 2016
Más de 14 ediciones publicadas en Santillana

Directora de la colección:
Maite Malagón
Editora ejecutiva:
Yolanda Caja
Dirección de arte:
José Crespo y Rosa Marín
Proyecto gráfico:
Marisol del Burgo, Rubén Chumillas, Julia Ortega y Álvaro Recuenco

La noche de los monstruos

Manuel L. Alonso

Ilustraciones de Julián Hormigos

loqueleo

Los fantasmas no dejan huellas

Arturo y Guillermo comenzaron a atravesar los campos desiertos. Tras ellos quedaron las últimas casas de la urbanización en la que vivían.

El día era gris y frío. Arturo pensó que habría hecho mejor quedándose en casa. Una buena merienda y un programa de televisión o un libro de misterio sí que eran maneras sensatas de aprovechar un día de fiesta, en lugar de aquello.

Guillermo, en cambio, estaba tan emocionado ante la idea de una aventura que daba saltos de impaciencia.

—Sígueme con cuidado —aconsejó, atribuyéndose el papel de guía y jefe—. No vayamos a caer en alguna trampa.

Guillermo siempre se estaba imaginando cosas. Lo mismo se figuraba que era un navegante solitario como un piloto. En esos casos parecía no ver ni oír la realidad; hablaba solo, gesticulaba como un loco, y tan pronto se arrastraba por el suelo como se ponía a disparar con un arma imaginaria.

—¿Qué trampa? ¿Te imaginas que esto es la selva? Aquí no hay trampas ni peligros, solo piedras y basura —dijo Arturo.

Era un misterio que dos chicos tan distintos fuesen amigos. En realidad, no siempre lo eran. Alternaban épocas de amistad con otras en que no se hablaban; mejor dicho, en que Arturo no dirigía la palabra a Guillermo. Pero este jamás se desanimaba y siempre acababa consiguiendo que volvieran a ser amigos.

Muchas cosas los separaban, empezando por los dos años de diferencia, desde los 9 de Guillermo a los 11 de Arturo, y siguiendo por el hecho de que el pequeño era muy inquieto y el mayor tranquilo y pacífico.

—Camina con cuidado —insistió Guillermo, como si no hubiese oído las palabras de su amigo—. Ten tu arma siempre preparada.

Arturo se encogió de hombros y siguió andando tras los pasos de Guillermo durante un buen rato. Se alejaron de la urbanización hasta perderla de vista y continuaron caminando, siempre en línea recta (aunque Arturo no estaba muy seguro de eso), por entre los pelados montículos en los que no había otra cosa que matorrales y, de vez en cuando, escombros arrojados sin miramientos.

—¿Falta mucho? —preguntó Arturo, al cabo de una media hora—. Estoy empezando a cansarme.

—La veremos de un momento a otro.

—Dijiste que era una casa en ruinas.

—Sí.

—Y que había algo misterioso en ella.

—Sí.

—Más vale que sea verdad, y no una de tus fantasías.

—¿Es que no confías en mí? —preguntó Guillermo dramáticamente.

—No. Te creo capaz de inventar cualquier cosa. Y aún me pregunto por qué te estoy siguiendo como un tonto, en lugar de estar en casa merendando un Big Arthur.

—¿Qué es un Big Arthur?

—Un bocadillo que he inventado: primero, se extiende sobre el pan una capa de paté de salmón; después, jamón serrano, y luego una mezcla de mayonesa con mostaza. También se pueden añadir unas anchoas.

—¿Y está bueno?

—Delicioso. Pienso patentarlo y hacerme rico.

Arturo se relamió solo de pensar en su invento.

—¡Mira! —exclamó Guillermo.

—¿Qué?

—¡La casa!

Efectivamente, a lo lejos se veía la silueta de lo que parecía una casa en ruinas.

Seguía sin haber nadie a la vista. Parecía extraño que alguien hubiese edificado una casa en un sitio tan solitario, pero Arturo recordó que a pocos minutos de distancia había un pueblo, aunque no fuese visible desde allí.

—Mucho cuidado ahora —insistió Guillermo, mientras se acercaban a la casa—. Si ves algo sospechoso, dispara.

—Eres un pesado —replicó Arturo.

La casa tenía dos plantas y era un chalé de estilo antiguo, grande y sólido. Todos los muros se mantenían en pie y también el tejado parecía intacto, pero era evidente que llevaba mucho tiempo desocupada.

La puerta principal había sido reforzada con tablas atravesadas y clavadas de cualquier manera, pero alguien las había arrancado en parte y después había roto la puerta, de modo que quedaba un hueco lo suficiente grande para permitir el paso de una persona.

—Vamos —animó Guillermo—, entra detrás de mí.

—¿Estás seguro de que no aparecerá alguien?

Pero Guillermo había desaparecido ya arrastrándose como un indio por la destrozada puerta, y no oyó la pregunta.

Arturo se decidió a imitar a su amigo. Se puso en cuclillas, echó un vistazo al interior, que no le aclaró nada porque dentro solo había oscuridad, y se arrastró también, emocionado y un poco asustado.

Apenas estuvo dentro, y antes incluso de que sus ojos se acostumbraran a la penumbra y pudiesen distinguir algo más que la figura de su amigo, percibió aquel olor inesperado. Olía a rosas. Extraño olor para una casa en ruinas.

—Sígueme, amigo —dijo Guillermo, en voz baja.

Atravesaron el pequeño vestíbulo y se encontraron en un salón de grandes dimensiones. Las ventanas, protegidas con rejas, no estaban reforzadas con tablas y dejaban pasar la luz del exterior. Vieron una gran chimenea muy antigua, cascotes, cristales rotos y un viejo sofá destripado, con muelles que asomaban como los huesos de un esqueleto.

—¿Habías estado aquí?

—Descubrí la casa ayer —respondió Guillermo—, pero no pasé del vestíbulo.

—¿Cómo sabes que no hay vagabundos durmiendo en alguna habitación?

—¿Y qué? A mí me gustan los vagabundos.

Arturo meneó la cabeza como dando a entender que era imposible razonar con alguien demasiado joven e inexperto.

—Bueno, ¿y qué me querías enseñar?

Guillermo señaló el suelo del salón.

—Me fijé ayer. ¿Qué te parece?

—¿El qué?

—El suelo.

—Me parece un suelo. Y bastante sucio. ¿Qué me tiene que parecer?

—Fíjate bien. ¿No ves las huellas?

Arturo miró con más atención. Había numerosas huellas de pisadas en el polvo, pero unas se repetían y destacaban nítidamente, distintas y más claras que las otras.

—Son huellas de mujer —dijo Guillermo—. ¿Lo ves?, zapatos con un poco de tacón.

—Tienes razón —admitió Arturo—. ¿Por qué habrá venido hasta aquí? ¿Este era el misterio del que me hablaste?

—Sí, pero no se trata solamente de que haya unas huellas de mujer. Fíjate hasta dónde llegan.

Arturo recorrió con la mirada una vez más las misteriosas huellas, y tuvo que admitir que su amigo era más observador que él. Había algo muy raro en ellas. Junto a las pisadas de zapatos femeninos, había otras que formaban pequeños círculos, como las huellas que dejan las patitas de un animal.

Y lo más extraño de todo era que cada uno de los rastros llegaba hasta la misma pared. La mujer había recorrido la habitación en todos los sentidos, de norte a sur y de este a oeste, y no se había detenido al aproximarse a las paredes, sino que las punteras de sus zapatos parecían haberlas tocado.

Arturo se la imaginó pegando la cara y el cuerpo a cada una de las paredes. ¿Qué significaba aquello? ¿Una fantasma que podía atravesar los muros? Pero las fantasmas no dejan huellas en el polvo.

¿O sí?

—Vámonos de aquí.

—¿Irnos ahora que empieza a ponerse emocionante? —protestó Guillermo.

—Esto no me gusta nada.

—Pues a mí me encanta. Una mujer que tropieza con las paredes o las atraviesa, acompañada de un animal que a juzgar por las huellas no parece tener más de dos patas, y que dejan un rastro de olor a rosas. Es un misterio que me gustaría desen... desen..., bueno, ya sabes.

—Desentrañar. Pues allá tú, pero yo no tengo ganas de desentrañar nada, sino de merendar. Me voy.

—No puedes irte ahora.

—¿Que no?

—Vamos, Arturo, ¿no te gustaría saber qué significa todo esto? Mira estos círculos, siempre al lado de las huellas de los zapatos. Tienen más o menos el diámetro de una moneda. ¿Qué crees que pueden ser?

—Me da igual. Me voy —repitió Arturo.

Guillermo, que se había agachado para examinar las huellas, se incorporó, quedando frente a una ventana. De repente frunció las cejas y silbó bajito.

—Esto se anima.

—¿Qué?

—No puedes irte ahora, Arturo.

—Me gustaría saber por qué.

—Porque tenemos compañía —replicó Guillermo, encantado de poder usar una frase de película.

Arturo se volvió y miró a través de los sucios y rotos cristales. Se alarmó al ver que pronto anochecería.

Pero se alarmó mucho más al ver el vehículo todoterreno que se detenía no muy lejos de la casa.

Dos hombres saltaron del coche y se acercaron a paso rápido.

—Vienen hacia aquí.

Los dos amigos se miraron muy pálidos.

Los espías espiados

Los dos hombres vestían con una elegancia excesiva. Parecía como si llevasen poco tiempo utilizando trajes caros y corbatas. Uno de ellos llevaba el cráneo afeitado; el otro, bajo y ancho, fumaba un grueso puro y usaba gafas negras.

Arturo y Guillermo apenas tuvieron tiempo de echarles un vistazo. Se retiraron hacia el interior de la casa, puesto que ya no podían salir sin ser vistos.

—¿Qué hacemos? —susurró Guillermo.

Arturo señaló en silencio hacia la escalera. No parecía haber peligro en subir a la planta superior. Hasta el momento no habían visto ningún punto en que el techo estuviese caído, aunque el del salón se veía rajado de parte a parte.

Empezaron a subir con el mayor cuidado para no hacer ruido. Los peldaños, de piedra, parecían sólidos, pero tenían cascotes y porquería, y era mejor evitar hasta el menor crujido.

Apenas desaparecieron en la planta superior, se oyeron las voces de los dos hombres junto a la puerta.

—La casa está deshabitada hace mucho tiempo —decía uno—, desde que murió el propietario. Era el farmacéutico del pueblo cercano.

—¿Y quiénes son sus herederos? ¿Tenía hijos?

—No. La única dueña ahora es la viuda. Ya la he investigado.

—¿Y qué has averiguado?

Ambos hombres se mantenían en la puerta, desde la que inspeccionaban lo que podía verse del interior. No se molestaban en bajar la voz, convencidos de que no había nadie por los alrededores. En lo alto de la escalera, en cuclillas, los dos amigos podían escuchar sus voces con claridad.

—Se llama Adelaida. Nunca ha vuelto a casarse. No parece tener intención de volver a ocupar la casa.

—Entonces será fácil convencerla para que nos la venda.

—No estoy tan seguro. He oído que es una mujer testaruda.

Guillermo se aproximó a su amigo y le habló al oído:

—¿Qué quiere decir *testadura*?

—Cállate —susurró Arturo, clavándole un codo en las costillas.

Las voces se oyeron de pronto más claras, como si los hombres hubiesen entrado en la casa.

—Sería una pena derribarla. Tal vez podríamos restaurarla y hacer un pequeño hotel de lujo.

Guillermo se inclinó para atisbar por entre los barrotes de la escalera. El más alto, el de la cabeza afeitada, se hallaba de pie en el salón. Era él quien acababa de hablar. El del puro, sin decidirse a entrar —Guillermo pensó que tal vez no cabía por el agujero de la puerta—, respondió:

—No tengo ninguna intención de reparar esta ruina. Lo que me interesa es el terreno. Y no para hacer un hotel, sino todo un complejo.

—Es una idea excelente, jefe —dijo el calvo.

—Claro que lo es. Un complejo con apartamentos, instalaciones deportivas y todo lo demás. Torres muy altas. Una verdadera ciudad de vacaciones. En el terreno que ahora ocupa este caserón, meteremos a mil personas.

—Un gran negocio, si conseguimos comprar el terreno por poco dinero. ¿Quieres que concierte una entrevista con la propietaria, jefe?

—Sí. Cuanto antes.

—¿Echamos un vistazo a la casa?

Arturo y Guillermo se miraron preocupados. A Arturo, el miedo le hacía sudar y tenía los largos cabellos rubios pegados a la frente. Si antes le había asustado la posibilidad de que aquellos hombres fueran los dueños de la casa, ahora temía lo que pudiesen hacerles si los descubrían espiando. Algo le decía que no eran simples hombres de negocios. Le daban mala espina. Y confirmando sus temores, oyó unas palabras que le hicieron estremecerse.

—Escucha: no admitiré una negativa de esa mujer. Procura convencerla...

—Pero ya te he dicho que es muy obstinada, jefe.

—Entonces habrá que darle un buen susto. O procurar que le ocurra un accidente. Algo que no la mate pero que la haga entrar en razón.

Arturo se pasó la lengua por los labios resecos y tragó saliva. Guillermo parecía a punto de silbar, queriendo indicar así que estaba impresionado, y Arturo volvió a darle un codazo para que no se le escapase el silbido.

—Digo que si echamos un vistazo, jefe —insistía el calvo—. Me gustaría ver la casa por dentro.

Hubo un silencio que se prolongó varios segundos. Para Arturo y Guillermo fueron segundos tan largos como horas. Permanecieron inmóviles aguardando la respuesta, sin atreverse ni a respirar. Guillermo apretaba las mandíbulas enseñando los dientes. Arturo, que sudaba a chorros, oyó justo entonces un ruido que le sobresaltó.

Era un roce muy ligero. Quizá una rata. Aunque también podían ser los pasos de alguien. Y si era esto último, se trataba de alguien que avanzaba muy despacio para sorprenderlos por la espalda.

Arturo sintió que los cabellos de su nuca se levantaban igual que la hierba en un prado cuando sopla el viento. No se volvió. Estaba paralizado.

Por fin se oyó la voz del hombre del puro y las gafas negras:

—Vámonos. No hay nada que ver aquí.

Oyeron los pasos de ambos hombres alejándose, y poco después el sonido del coche al arrancar.

Guillermo dejó escapar un largo resoplido:

—Por esta vez nos hemos librado.

Arturo no respondió.

Sus ojos, casi desorbitados, estaban fijos en un punto por detrás de su amigo.

—¿Se puede saber qué te pasa? ¿No oyes como se aleja el coche? Ya ha pasado el peligro.

Arturo meneó la cabeza despacio, de un lado a otro.

—¿No? ¿Qué quiere decir *no*? —preguntó Guillermo.

Sin poder articular palabra, Arturo señaló la puerta que había a espaldas de Guillermo.

Y este se volvió rápido, como un animal del bosque.

La puerta se abría poco a poco.

Una mano, larga y huesuda, muy blanca, apareció ante sus ojos.

Los dos amigos pensaron lo mismo: que era el momento de ponerse en pie y echar a correr sin parar hasta casa.

Pero en ese instante la puerta se abrió del todo.

Y lo que vieron los dejó clavados en el sitio.

El tesoro escondido

El hombre era muy alto, seguramente el más alto que los dos amigos habían visto en toda su vida. Ni Guillermo ni Arturo eran especialmente altos, y al verse enfrentados con aquel hombre tuvieron la sensación de no ser más que un par de enanos insignificantes.

El extraño era, además, bastante viejo, muy delgado y de piel muy blanca y con el pelo entre rojizo y rubio claro. Sus cabellos no eran abundantes, pero los llevaba largos. Se veían asomar por debajo de su sombrero. Porque llevaba un sombrero, de paja, de ala ancha, como de jardinero. En cuanto a sus ropas, de una talla asombrosamente grande, le colgaban por todas partes como las de un espantapájaros.

En resumen, era probablemente la persona más rara que los dos amigos habían visto en su vida. Un hombre verdaderamente extraño.

Y todavía les pareció más extraño cuando habló.

—No me propongo haceros ningún daño. La verdad es que también yo soy un intruso. Una situación muy peculiar, ¿no es cierto?

No hubo respuesta. Ni Arturo ni Guillermo estaban en condiciones de decir una palabra. A Arturo le tenía fascinado el aspecto de aquel hombre, y su extraño acento y la forma en que hablaba, como los personajes de algún libro antiguo. Arturo, gran aficionado a la lectura, siempre había lamentado que en la vida real no abundasen los personajes interesantes como los de algunos libros. Allí, por fin, tenía uno.

Guillermo estaba con la boca abierta. Se había quedado sin palabras, cosa rarísima en él, que hablaba hasta en sueños. Y la razón era, precisamente, que estaba tratando de entender la extraña manera de hablar del desconocido. A veces, Guillermo tenía dificultades con las palabras largas o poco frecuentes.

—Esta es la casa deshabitada más concurrida que uno pueda imaginar. Parece el vestíbulo de una estación —dijo el hombre sonriendo.

Arturo sonrió también. Acababa de decidir que le gustaba el anciano. Guillermo, que esta vez había entendido perfectamente, soltó una risita. El viejo parecía inofensivo. «Loco, pero inofensivo», pensó Guillermo.

—¿Vivís por aquí cerca? Yo acabo de mudarme. He alquilado una casita en la urbanización Los Tréboles.

—¡Allí vivimos nosotros! —exclamó Guillermo—. ¡Somos vecinos!

—Es una feliz coincidencia. Por cierto, mis amigos me llaman Harold.

El hombre les tendía la mano con toda seriedad, así que ambos amigos se la estrecharon. La mano de Harold era enorme, con dedos larguísimos, pero a Arturo ya no le parecía inquietante como un par de minutos antes, al verla asomar por la puerta.

—Yo soy Arturo. Y este es Guillermo. Encantados de conocerle.

—¿Es usted extranjero? —preguntó Guillermo.

—Sí.

—¿De dónde?

—Extranjero de Extranja —respondió Harold sonriendo, y los dos amigos comprendieron que era una broma, quizá palabras de un libro.

—Perdone a mi amigo —dijo Arturo, arreando un nuevo codazo a Guillermo—. Su especialidad no son los buenos modales.

—Soy un hombre de acción —explicó Guillermo, que se había aprendido aquella frase a los siete años y disfrutaba repitiéndola en cuanto le daban ocasión.

—Ya se ve —respondió Harold, observando que Guillermo tenía arañazos en varios lugares y llevaba la ropa con desgarrones.

—Solo hemos venido a explorar la casa, no teníamos intención de llevarnos nada.

—Además, no hay nada que llevarse —añadió Guillermo.

—Es curioso que digas eso —dijo Harold, mirándolos intensamente con sus ojos claros rodeados de arrugas—. Yo había pensado que os enviaba Adelaida para buscar...

Se interrumpió de golpe, como si hubiera estado a punto de hablar más de la cuenta.

Guillermo y Arturo se miraron comprendiendo que aquel hombre, o la casa, ocultaban cierto misterio.

—Debo pediros algo... ¿Habéis conseguido oír lo que hablaban esos dos hombres que acaban de irse? Yo no podía oír nada desde mi escondite. Me pregunto quiénes serían.

—Yo los conozco —dijo Guillermo—, y he oído todo lo que decían. Se lo diré, y le diré quiénes son, si usted nos dice qué es lo que pasa con este sitio.

—¿Qué quieres decir? —preguntó Harold sonriendo.

—Aquí hay un misterio. Lo huelo.

Arturo estaba a punto de llevarse a rastras a su amigo.

—Perdone usted, ya nos vamos.

—Nada de eso. Ahora es cuando esto se empieza a poner interesante. Veréis lo que haremos: vosotros me contáis quiénes son y qué se proponían esos hombres, y yo os hablo del tesoro.

—¿Qué tesoro? —exclamaron los dos amigos a un tiempo.

—El que se supone que está escondido en esta casa.

—¿Nos quiere tomar el pelo? —preguntó Guillermo.

—Deberíamos tutearnos como hace todo el mundo en España. Y no, no intento tomaros el pelo. Se supone que hay una fortuna en algún lugar de la casa. Los ahorros del antiguo propietario. Pero salgamos de aquí y hablaremos por el camino. A estas horas siempre me apetece una taza de té.

—Y a mí un bocata —dijo Guillermo—. Y hoy me comería un pollo asado con sus alitas y todo.

Cuando Arturo terminó de contar la conversación de los dos hombres, Guillermo explicó que tenían una agencia inmobiliaria en el pueblo cercano. Harold meneaba la cabeza preocupado, como si aquello fueran malas noticias.

—De modo que intentarán presionar a Adelaida. Mal asunto.

—¿La dueña de la casa? ¿La conoces?

—Naturalmente. Si no, ¿cómo iba a saber lo de la fortuna de su esposo? Me lo contó ella.

—No lo entiendo —dijo Arturo—. Si el marido le dejó una herencia en la casa, ¿por qué ella no la ha recogido?

—Porque no sabe dónde está. Veréis, a él no le gustaban los bancos y prefería tener el dinero guardado en lugar seguro. Lo malo fue que murió de repente, sin tiempo para revelar a Adelaida el escondite donde había puesto casi todo lo que tenían. Han pasado bastantes años desde entonces, y la herencia aún no ha aparecido.

—Así que ella te ha enviado para ver si la encontrabas tú.

—No exactamente. Estaba buscando por mi cuenta. Aunque, naturalmente, tengo el propósito de informar a Adelaida de cualquier hallazgo.

—Supongo que ella también habrá buscado por su cuenta...

—Desde luego, pero sin el menor éxito. Y eso que tiene una pista. Un mensaje de su difunto marido.

Caminaban los tres por los descampados solitarios que conducían a la urbanización. La tarde era fría y estaba a punto de anochecer.

Soplaba el viento, como ocurre a menudo en febrero, y los dos chicos avanzaban encogidos, pareciendo así aún más pequeños junto a su nuevo amigo.

—¿El muerto ha enviado un mensaje? —preguntó Guillermo, excitado.

—Desde luego que no. Dejó el mensaje en vida.

—Pero acabas de decir que no dijo dónde estaba el escondite...

—Y no lo dijo claramente. Lo dejó escrito... en clave.

Guillermo lanzó un silbido. Le encantaba el aspecto cada vez más misterioso que iba tomando aquella historia.

—Entonces, tu amiga no querrá vender la casa a esos hombres —reflexionó Arturo.

—De ningún modo. Naturalmente que no.

—Es una situación muy peliaguda —observó Arturo, que también conocía palabras poco usuales.

—Eso digo yo —apoyó Guillermo—. Un hombre muere y su fortuna no aparece. Deja un mensaje en clave. En la casa abandonada hay unas huellas muy raras. Unos tipos peligrosos quieren la casa aunque sea por las malas. Y en medio de todo ese lío, estamos nosotros.

—¿Nosotros? ¿Desde cuándo nosotros tenemos algo que ver con todo eso? —se asombró Arturo.

—Naturalmente —respondió Guillermo, pronunciando la palabra favorita de Harold tal como él lo hacía—. Naturalmente que tenemos mucho que ver. Si Harold nos ha contado todo, es para que le ayudemos. ¿No es verdad, Harold?

Harold sonrió, y su arrugado rostro pareció por un momento mucho más joven.

—Naturalmente. Cuento con vosotros, amigos.

El esqueleto y el zombi

Una sombra se deslizó a sus espaldas y cayó de repente sobre ella. La bella muchacha se volvió de golpe, dispuesta a hacer frente al monstruo...

Arturo interrumpió la lectura del libro con un suspiro. Era una historia muy emocionante. Una chica se había perdido durante una excursión. Había llegado a una casa solitaria. En la casa se oían gemidos, como si en alguna parte hubiese alguien prisionero. La dueña de la casa parecía amable, pero la chica había hecho un descubrimiento terrible: aquella mujer no se reflejaba en los espejos. ¿Qué ocurriría ahora?

Pero era casi mediodía y, a mediodía, Arturo tenía una cita, de modo que se resignó a cerrar el libro.

Suspiró de nuevo, consideró por un momento la posibilidad de prepararse uno de sus famosos bocadillos Big Arthur y se distrajo pensando en que cuando fuera mayor montaría una cadena de restaurantes de comida rápida. Todo el mundo haría cola para conseguir un bocata de Arthur's. O quizá sería mejor llamar a la cadena McArthur's. Bueno, ya lo decidiría en otro momento. Ahora tenía que vestirse.

Justo en ese instante sonó el teléfono.

—¿Ya estás?

—Si ya estoy qué —respondió Arturo, reconociendo la voz de su amigo Guillermo.

—Vestido. Si ya estás vestido.

—Aún no. Iba a cambiarme ahora. No tardaré mucho. ¿Vienes a buscarme?

—Yo también tengo que acabar de vestirme. Y aún tengo que pintarme los labios.

—Ya —respondió Arturo, sin sorprenderse.

—Por cierto, la he visto.

Arturo no preguntó a quién se refería su amigo. Solo podía estar hablando de Vero, su vecina. Arturo estaba enamorado de ella, aunque solo habían salido juntos un par de veces.

—¿En serio la has visto? ¿Iba disfrazada?

—Sí.

—¿De qué?

—De princesa china.

Arturo trató de imaginar cómo serían las princesas chinas. Fueran como fuesen, seguro que Vero estaba muy guapa con su disfraz. Arturo volvió a suspirar.

—¿Se te está cayendo la baba? —preguntó Guillermo, con una risita.

—Ya sabes adónde te puedes ir.

Nada más colgar, Arturo se vistió con el mono de mecánico de color negro que tenía preparado, y se colocó una capucha igualmente negra, cubriéndose la cabeza. Después cerró las ventanas para mirarse al espejo.

Sí: cerró a fin de que la habitación quedase a oscuras, y fue entonces cuando se miró al espejo. En la oscuridad, los huesos pintados sobre la tela negra con pintura fosforescente se hicieron visibles. Costillas, fémures, tibias, todos los huesos grandes del esqueleto. Y en la capucha, una calavera.

El efecto era impresionante. Si alguien se encontraba con Arturo en un sitio poco iluminado, iba a creer que se trataba de un esqueleto.

Vestido así, salió a la calle.

Seguía haciendo frío, aunque no tanto como el día anterior, cuando habían ido a explorar la casa deshabitada. Por suerte, el mono abrigaba bastante.

La calle estaba casi desierta. Solamente se veían, en la acera de enfrente, dos curiosas figuras: el Pato Donald y un personaje de *Star Wars*.

Arturo esperó un momento en la puerta de su casa, hasta que vio al zombi que aparecía por la esquina de la calle. Desde lejos, el zombi le saludó agitando el brazo. Luego se acercó despacio, porque caminaba como un verdadero muerto viviente.

Su aspecto era repugnante. La cara, intensamente pálida, con ojos y labios de un color entre el verde y el morado; la ropa, andrajosa... y el detalle del cuchillo. Era un cuchillo de cocina, grande, con mango de madera, que sobresalía a la altura del corazón en el pecho del zombi.

—¿Qué tal estoy? —preguntó, deteniéndose frente a Arturo.

—Estupendo. ¿Y yo?

—Un esqueleto un poco gordito, pero bien.

—¿Vamos a ver si encontramos a Vero?

—Sabía que dirías eso —gruñó el zombi—. Anda, vamos.

Los dos amigos echaron a andar hacia la plaza donde a veces se reunían los chicos de la urbanización.

Llegaron a una calle más concurrida. Algunos adultos les sonrieron al pasar. Aquel día todo el mundo parecía estar de buen humor. La explicación podía encontrarse en los carteles repartidos por muros y escaparates:

«GRAN FIESTA DE CARNAVAL.
¡Ven con tu disfraz!
¡Importantes premios!».

Una mirada y una sonrisa

—Estoy cansado —refunfuñó Guillermo—. Hemos recorrido toda la urbanización tres veces para nada. Ni rastro de «tu» Vero. Además, pronto será la hora de comer, y tengo hambre.

Posiblemente los dos amigos solo tenían una cosa en común: su buen apetito. A los dos les encantaba comer. La diferencia era que Arturo, de temperamento más tranquilo, engordaba y Guillermo no, porque no paraba de moverse en todo el día.

A pesar de eso, de que a Arturo le gustaba comer tanto como a su amigo, adoptó una expresión de desprecio y miró a Guillermo de arriba abajo.

—¿Es que solo piensas en comer?

—No. También pienso en merendar, y en cenar, y en desa...

—¡Allí está!

Arturo, que se había quitado la capucha con la calavera pintada, tenía la expresión bobalicona que según Guillermo se le ponía siempre que veía a Vero. Hasta se había puesto colorado de la emoción.

Un grupo de chicos y chicas se cruzó con ellos. Iban vestidos con toda clase de disfraces: había indios, vaqueros, un camarero con una bandeja, una enfermera con un orinal, el Zorro, una hawaiana y una elegante princesa china, que era precisamente Vero.

Al pasar cerca de ellos, algunos los saludaron con un gesto. La princesa china sonrió. Arturo se quedó mirando, muy colorado, sin acordarse ni de respirar. Sus ojos no

se apartaban de la princesa, que caminaba con cortos pasitos debido a su traje largo.

Cuando se perdieron de vista, Arturo lanzó un hondo suspiro.

—¡Era ella!

—Ya sé que era ella. La conozco de sobra.

—¡Me ha mirado! —exclamó Arturo—. ¡Hasta me ha sonreído!

—Pues claro —respondió Guillermo—. ¿Por qué no iba a mirarte y sonreírte?

—¡Oooh! ¡Cuchi, cuchi! —se burló Guillermo—, ¿quién te quiere a ti?

—Es la chica más guapa que he visto en mi vida —suspiró Arturo, sin hacer caso de las bromas de su amigo.

—¿Y tú has visto quién viene por allí?

Arturo reparó en la alta figura que avanzaba hacia ellos a grandes pasos.

—¡Hola, amigos! —saludó Harold—. ¡Estupendos disfraces!

Como el día anterior, Harold llevaba unas ropas de vivos colores que le colgaban por todas partes, y con su sombrero de paja y sus largos cabellos flotando al viento también él parecía disfrazado.

—¡Hola, Harold!

—Amigos, me alegro de encontraros. Os estaba buscando. Me preguntaba si esta tarde tenéis algún compromiso. Arturo, ¿te encuentras bien? Tienes un aspecto extraño.

—Está enamorado —explicó Guillermo.

—¿Sí? Excelente noticia. Pero no preguntaré nada. Esas cosas son demasiado íntimas. ¿Os apetecería venir esta tarde a casa de mi amiga Adelaida a tomar una taza de té?

—La verdad es que a mí el té... —empezó Guillermo.

—Naturalmente, vosotros podéis tomar chocolate si os gusta más.

—¡Chocolate! —exclamó Arturo, volviendo en sí.

—Le hablé a Adelaida de vosotros, y pensó que sería una buena idea pediros ayuda.

—No sé en qué podríamos ayudar nosotros —respondió Arturo, sorprendido.

—El mensaje en clave, ¿recordáis? Le hemos dado vueltas desde hace mucho tiempo y no conseguimos descifrarlo. Tal vez vosotros tengáis más suerte. Confieso que no conozco a ningún adulto que me inspire confianza para pedirle este favor. ¿Lo haréis? ¿Aceptaréis echar un vistazo a la nota mientras tomáis una taza de chocolate?

—Desde luego. Por cierto, ayer olvidamos contarte algo que vimos en la casa.

—Que vimos y que olimos —añadió Guillermo.

Arturo explicó a Harold lo de las huellas en el salón y el olor a rosas. Cuando terminó de hablar, Harold sonreía con buen humor.

—Conozco la explicación de ese enigma, y me temo que os va a decepcionar. Las huellas son de Adelaida, naturalmente, y las marcas junto a sus pies son de su bastón. Mi amiga Adelaida cultiva flores de todas clases y se dedica a elaborar perfumes. Su favorito es uno de rosas bastante fuerte. Eso fue lo que pudisteis oler en la casa. Ella había estado también buscando el tesoro unas horas antes que nosotros.

—Pero las huellas llegan hasta tocar las paredes...

—Porque Adelaida estuvo midiendo el salón con sus pasos. Quería saber si salía una cifra que tuviera relación con lo que dice el mensaje del difunto. En él aparece un número: «mil novecientos». Adelaida pensó que, multiplicando el número de pasos que mide el salón a lo largo por los pasos a lo ancho, quizá el resultado fuera 1.900, y entonces el tesoro estaría en el salón. Pero no era una buena pista. Bueno, ¿cuento con vosotros para esta tarde? ¿Quedamos aquí mismo, a las cuatro y media?

—Sí, es una buena hora; así podremos merendar a las cinco. Me gusta merendar temprano —respondió Guillermo.

Arturo dio un codazo a su amigo.

—Aquí estaremos, Harold. Ojalá podamos ayudar.

Después de despedirse de Harold, los dos amigos emprendieron el camino a casa.

—Me gustaría volver a verla —suspiró Arturo—. No sé si te has fijado, pero Vero es la chica más guapa de por aquí.

—¿Cómo no me voy a fijar si me lo has dicho por lo menos cien veces? Hay que ver lo pesadito que te pones con «tu» Vero.

—¡Un momento! ¡Se me acaba de ocurrir una gran idea! ¿Sabes lo que voy a hacer? ¡Voy a componer una canción! ¡Una bella canción de amor!

—¿Luego irás a dar una serenata a casa de Vero? ¿Y me despertarás a mí, que vivo al lado? Te tiraré un cubo de agua fría, te lo aviso.

En una esquina, Guillermo echó a correr hacia su casa y Arturo continuó caminando despacio, sin dejar de suspirar y pensando que ojalá en lugar de un esqueleto fuese un chino.

En apuros

Adelaida era una anciana chiquitita, regordeta, y llevaba un vestido de color verde que la hacía parecer una aceituna rellena. Usaba bastón, un bastón antiguo cuyo mango era la cabeza de un búho. Tenía una voz dulce y simpática. Con cada movimiento que hacía, dejaba en el aire un perfume de rosas.

—¡Hola, Harold! ¡Hola, chicos, bienvenidos!

La casa era pequeñita, pero estaba rodeada por un hermoso jardín. Como Arturo miraba las flores con cierto interés, Adelaida le preguntó si le gustaban.

—Sí, señora.

—Preferiría que me tuteases. Esas flores que estás mirando con forma de campanilla son jacintos. Aquellas de allá, caléndulas y dientes de león. Pueden usarse en algunas recetas culinarias.

—¿Se comen? —preguntó Guillermo, admirado.

—¿Por qué no? Y con algunas de ellas se hacen deliciosas infusiones. Por ejemplo, con el fruto del rosal, el escaramujo.

La anciana observaba con curiosidad a los chicos, que ya no llevaban sus disfraces, como tratando de recordar algo.

—¿Tu padre no es el veterinario? —preguntó a Guillermo—. Creo recordar que tus padres fueron de los primeros en llegar a la urbanización.

—Sí. ¿Los conoce?

—Desde luego, aunque hace mucho que no nos vemos. También te conozco a ti desde que eras un bebé. Por cierto, recuerdo que al nacer eras coloradito como un cangrejo. Y tenías buena voz: no callabas un momento.

—Sigue igual —sonrió Arturo—. No he visto a nadie a quien le guste tanto hablar.

—¿Me conociste de pequeño? —preguntó Guillermo, intrigado.

—No solo eso. Fui la primera persona que te vio cuando naciste —replicó Adelaida, sonriente.

—¿Cómo es posible?

—Ahí tienes un pequeño enigma para saber si eres buen detective —intervino Harold.

—Ya lo tengo. Si no eres una cigüeña —le dijo Guillermo a Adelaida—, es que eres coma... coma... No recuerdo la palabra. Que ayudas a dar a luz.

—Eso es. Aunque ahora ya estoy retirada. Pero fui comadrona muchos años y ayudé a traer al mundo a muchos niños. Era un bonito trabajo.

Adelaida suspiró con una expresión de tristeza.

—Y sin embargo nunca pude traer uno mío. Pero no hablemos de eso. Pasad y decidme si preferís la infusión que os he dicho o una taza de chocolate.

—Yo probaré otro día la infusión de *escarabajo* —dijo Guillermo, haciendo reír a todos—. Ahora prefiero chocolate.

Más tarde, sentados en torno a una mesa camilla, cada uno con una taza en la mano, Arturo contó algunas anécdotas de Guillermo:

—Hace poco hicieron una votación en su curso para elegir al alumno más popular. De las 25 papeletas, en 22 ponía: «Guillermo Moreno». En las otras tres ponía: «Yo».

—Una de ellas era mía —confesó Guillermo.

—Lleva años entrenando a su gato para convertirlo en un gato policía. El pobre Milord sale huyendo en cuanto le ve.

—Pues él —contraatacó Guillermo— se ha vuelto tonto desde que se enamoró.

—¿Quién? ¿El gato? —preguntó Adelaida.

—No. Arturo.

—Ah, el amor... —suspiró Adelaida.

—El amor es maravilloso a cualquier edad —dijo Harold muy seriamente—. No hay que burlarse de alguien porque esté enamorado.

Arturo observó que Harold miraba a Adelaida al decir esto, y vio que ella le devolvía la mirada. No era difícil adivinar que él no era el único enamorado que había allí.

—Harold es mi mejor amigo —explicó Adelaida a los chicos—, y me contó su encuentro con vosotros. Cree que podéis ayudarnos y, ahora que os conozco, estoy de acuerdo.

Lo que necesitamos es alguien con imaginación. No conseguimos descifrar el mensaje en clave de mi difunto marido, y estamos hartos de buscar en la vieja casa sin resultado.

—¿Por qué creéis que el escondite está allí? —preguntó Arturo.

—A mi marido le gustaba volver por aquella casa incluso cuando ya la habíamos desocupado. Le gustaban mucho los juegos de lógica y los acertijos, y escribió esta especie de adivinanza —Adelaida tomó un papel doblado que tenía a mano y lo mostró a los chicos— para ver si yo era capaz de encontrar el escondite. Solo era un juego, claro, pero desgraciadamente murió sin revelarme la solución.

—¿Puedo? —preguntó Arturo.

Adelaida le tendió el papel. Arturo lo desplegó con cuidado y recorrió rápidamente con la vista las cuatro líneas que componían el texto. Luego leyó en voz alta:

«Chilla en la campana el viento,
menos cuando hay humo y llamas.
Negro agujero mil novecientos,
allí tendrás que hacer tu cama».

Cuando acabó de leer, todos guardaron silencio durante unos momentos.

Después, Arturo preguntó a Guillermo:

—¿Se te ocurre algo?

—Yo soy un hombre de acción. El intelectual eres tú.

—A mí se me está ocurriendo una posibilidad. Las campanas suelen estar en las iglesias, y cuando hay un incendio («humo y llamas») se hace sonar la campana de la iglesia para dar la alarma.

—Tiene sentido, pero no nos lleva a ninguna parte —dijo Adelaida.

—Tal vez nos conduce al campanario de la iglesia del pueblo —opinó Harold—. Si encontrásemos en él un «negro agujero»... ¿A qué puede referirse, a un hueco en el muro?

—Un coche —dijo Guillermo.

—¿Cómo? ¿Qué clase de agujero es un coche?

—Digo que estoy oyendo un coche que se acerca.

Harold se puso en pie rápidamente y se asomó a la ventana.

—Son ellos. Los dos tipos de ayer. ¡Escondeos, chicos!

—¿Dónde? —preguntaron los dos amigos, al tiempo que se ponían en pie y tropezaban uno contra otro.

—Ahí —indicó Adelaida, señalando una puertecita—. Es la despensa. Tened cuidado de no hacer ruido.

El coche se detenía ya ante la casa. Segundos más tarde, llamaron a la puerta.

Desde su escondite, los dos amigos no pudieron oír el principio de la conversación. La despensa era un cuartito pequeño y oscuro en el que apenas podían moverse. Aguardaron procurando no hacer ruido, y poco a poco las voces se aproximaron haciéndose más claras.

—No quiero tratos con ustedes —decía Adelaida.

—Querida señora, eso no es razonable. Todavía no ha oído nuestra oferta —respondió una voz que reconocieron como la del hombre de las gafas negras.

—No me interesa oírla. La casa es una especie de recuerdo de mi difunto marido, y pienso conservarla.

—¿Conservarla? ¡Si está hecha una ruina! —replicó el de la cabeza pelada.

—No me dirá que ustedes van a restaurarla. Sé lo que se proponen: echarla abajo para construir monstruos de cemento.

—Está bien, ponga usted el precio —dijo Gafas Negras.

—No venderé a ningún precio.

—Puede que suceda algo que la haga cambiar de idea —dijo Cabeza Pelada—. Un accidente, por ejemplo. Figúrese que hay un incendio en esa casa y usted se queda sin nada.

Entonces se oyó la voz indignada de Harold:

—¿Eso es una amenaza, lechuguino? ¿Intenta usted asustar a esta dama en mi presencia? Le advierto que fui campeón de boxeo hace cincuenta años.

—Si me amenazan en mi propia casa —añadió Adelaida—, les sacudiré un bastonazo en el cogote.

—Nos vamos, pero volverá a tener noticias nuestras —dijo Gafas Negras.

Las voces empezaron a alejarse, y ambos amigos suspiraron más tranquilos creyendo que el peligro había pasado.

Arturo entreabrió poco a poco la puerta de la despensa y miró por la rendija.

—Siguen hablando en el jardín, pero parece que ya se van. Menos mal.

—Sí, menos mal —respondió Guillermo—, porque me estaba costando mucho trabajo contenerme. He estado a punto de...

En ese momento, oyeron un grito de Adelaida.

—¿Cómo se atreve? ¡Deje eso inmediatamente!

—¿Qué pasará ahora? —preguntó Arturo, asustado.

Guillermo se aproximó a una ventana. Miró hacia fuera sin decir una palabra, mientras que Arturo dudaba entre reunirse con él o refugiarse de nuevo en la despensa. Las situaciones de peligro no le gustaban más que en los videojuegos.

—¿Qué ocurre? —preguntó, con un hilito de voz.

—El de la cabeza pelada ha pillado una pala e intenta destrozar el jardín. ¡Se está cargando las flores! ¡Es un planticida!

—¡Mis pensamientos! ¡Mis miosotis! ¡No haga eso! —exclamaba Adelaida.

—¡Ven, mira! —llamó Guillermo—. ¡Harold ha empuñado un rastrillo para enfrentarse con ellos! ¡Salgamos a ayudar!

Sin pensarlo un momento, Guillermo se lanzó hacia la puerta.

Arturo se despidió mentalmente de su atractivo refugio, donde había un jamón, varias sobrasadas y muchos botes de conservas y mermeladas caseras, y siguió a su amigo.

Y al momento siguiente todo se volvió muy confuso. Uno de los hombres forcejeaba con Harold y Adelaida. El otro vio a los dos chicos, y con un rápido movimiento consiguió apoderarse de Arturo sujetándole con fuerza por un brazo.

Negro como la tumba

—¡Quieto todo el mundo!

La orden tuvo el mismo efecto que un disparo. Harold dejó caer el rastrillo con el que se enfrentaba a Cabeza Pelada. Adelaida bajó el bastón con cabeza de búho que había estado a punto de usar como garrote. Solo Guillermo se movió, alejándose unos cuantos pasos.

En cuanto a Arturo, el dolor le tenía inmovilizado. Gafas Negras le había doblado el brazo a la espalda y apretaba con tanta fuerza que parecía ir a rompérselo.

—¡Quietos! —repitió Gafas Negras.

—¿Se ha vuelto loco? —exclamó Adelaida—. ¡Suelte al chico inmediatamente!

—Por supuesto. No pienso hacerle ningún daño. Solo quería que me prestasen atención. Disculpen a mi empleado. No sé lo que ha podido ocurrirle. Espero que este incidente no estropee la posibilidad de hacer negocios. Tú, suelta esa pala y discúlpate.

Cabeza Pelada, que parecía tener tan poca inteligencia como pelo, miraba a su jefe con extrañeza, sin acabar de entender lo que ocurría. Arturo, en cambio, lo comprendía perfectamente: el de las gafas negras pensaba que había demasiados testigos como para usar la violencia.

Sintió que el hombre aflojaba la presa, y pudo liberar su brazo.

—¿Estás bien, chico? ¿No te habrás asustado? —preguntó Gafas Negras hipócritamente.

—¡Aquí, compañero! —llamó Guillermo—. ¡No te fíes un pelo!

Arturo se reunió con su amigo a una distancia prudencial de los dos hombres, que empezaron a retroceder hacia su coche.

—Será mejor que no vuelvan por aquí —dijo Harold—. Como ven, Adelaida tiene quien la defienda.

—Ha sido un malentendido. No pretendíamos asustar a nadie —mintió Gafas Negras.

—Váyanse ahora mismo o llamo a la policía —advirtió Adelaida, que miraba con pena sus plantas arrancadas.

Sin añadir una palabra, los dos hombres subieron al coche y, en pocos segundos, los vieron perderse de vista por el camino entre nubes de polvo.

—Volverán —dijo Harold—. No creo que nos hayamos librado de ellos para siempre. Habrá que tener mucho cuidado.

—Más vale que lo tengan ellos —respondió Guillermo—. Nosotros somos cuatro.

—Y tú eres un hombre de acción —sonrió Harold.

—Naturalmente.

—Ya —intervino Arturo—. Ya he visto cómo corrías.

—Pensaba dar un rodeo para atacarlos por la espalda.

—Bueno, chicos —dijo Adelaida—, os habéis ganado otra taza de chocolate. ¿Qué me decís?

—Yo no digo que no —respondió Arturo—. Y podremos seguir con lo del mensaje. Nos habíamos quedado en algo acerca de un agujero negro.

—«Negro agujero», dice exactamente la nota —recordó Harold.

—Pues creo que tengo una idea. Pero necesitaría volver a leerlo todo.

—No hace falta —dijo Harold—. Yo me sé el texto de memoria. ¿Queréis que lo recite?

—Sí, por favor.

Harold recogió del suelo su curioso sombrero de paja, que se le había caído durante la escaramuza, lo sacudió, alisó sus largos cabellos y se lo puso. Plantado en medio del jardín, tan delgado y alto, tenía un vago parecido con un simpático espantapájaros.

—Pues dice así:

«Chilla en la campana el viento,
menos cuando hay humo y llamas.
Negro agujero mil novecientos,
allí tendrás que hacer tu cama».

—Mi idea es la siguiente —dijo Arturo—: uno de los lugares donde hay una capilla con una campana es el cementerio. Una vez estuve en él y mi padre me dijo que lo habían construido a principios del siglo pasado. O sea, hacia el año 1900.

—De modo que «negro agujero mil novecientos»... —empezó Harold— puede ser...

—¡Una tumba! —exclamó Guillermo.

Durante unos instantes, se miraron todos en silencio pensando a toda prisa.

—Podría ser —opinó Adelaida.

—Naturalmente que podría ser —dijo Harold—. Sobre todo si nos fijamos en el final del mensaje: «allí tendrás que hacer tu cama». ¿Entendéis?

—Creo que sí —respondió Arturo.

—Pues yo creo que no —dijo Guillermo.

—Al final, el lugar al que todo el mundo va a parar es la tumba. Allí se va a..., ¿cómo se dice en español?..., a reposar. La última cama, podría decirse. ¿Qué opináis?

—Yo opino que esa es la respuesta —dijo Arturo.

—Yo no estoy tan segura —murmuró Adelaida—. Me parece casi imposible que a mi difunto marido se le ocurriese una cosa tan retorcida.

—Mi compatriota Sherlock Holmes, el gran detective, decía que para resolver un enigma hay que ir descartando todas las soluciones posibles, y si ninguna es correcta, hay que aceptar la solución imposible —dijo Harold.

—¿Y qué propones que hagamos? No querrás ir al cementerio.

—Naturalmente.

—¿Ahora?

—Naturalmente. ¿Qué decís vosotros, chicos?

Arturo pensó en el chocolate, suspiró y dijo que estaba de acuerdo.

Guillermo también pensó en el chocolate, pero la aventura le tentaba.

—¡Sí! ¡Vamos! Estoy impaciente por ver el tesoro. Pero será mejor que tengamos mucho cuidado. Esos bandidos pueden habernos tendido una emboscada.

—¿Quieres hacer de guía y andar tú por delante de nosotros? —invitó Harold.

La cara de Guillermo resplandecía de felicidad. Toda su vida había estado esperando una oportunidad como aquella, una auténtica aventura con un enigma que descifrar y una recompensa al final. Encantado con su papel, respondió:

—De acuerdo, seguidme con mucha precaución. Yo os avisaré si veo algo sospechoso.

Y los cuatro salieron de la casa y echaron a andar por un camino que, tras una caminata de una media hora, los llevaría hasta el cementerio.

Una sombra entre las sombras

El cementerio estaba solitario cuando los cuatro amigos empujaron la cancela de hierro y entraron en él un poco impresionados.

A pesar de haber sido construido hacía ya un siglo, y gracias a sucesivas ampliaciones, era un cementerio grande. En la parte central, la más antigua, crecían altos cipreses polvorientos y había tumbas con lápidas de piedra o de mármol e inscripciones borrosas. Allí se detuvo el grupo, en silencio.

No parecía haber ni una sola persona visitando en aquel momento el cementerio. Solo, a lo lejos, se veía la figura del guarda reparando algo que no alcanzaban a distinguir.

—No me gusta nada este sitio —susurró Arturo—. Creo que preferiría estar en cualquier otro lugar por desagradable que fuera.

—¿En la consulta del dentista? —sugirió Guillermo.

—Bien, ¿a qué esperamos? —preguntó Adelaida.

—Busquemos una sepultura que lleve la fecha de 1900 —dijo Harold—. Aunque no sé por qué, esta pista empieza a parecerme dudosa.

Fue Arturo quien hizo la pregunta en la que todos estaban pensando:

—¿Y qué haremos cuando encontremos esa sepultura? Supongo que no vamos a abrirla.

—Naturalmente que no. No queremos cometer ninguna profanación. Esperemos que...

—¡Un momento! —exclamó Guillermo—. Me parece que he oído algo.

Tres miradas escépticas se volvieron hacia él.

—Ha sido como un crujido —explicó Guillermo—. Como si alguien nos estuviera siguiendo.

—¿Para qué iban a seguirnos? No empieces con tus historias —se impacientó Arturo.

Se estaba empezando a levantar un viento frío, y los cipreses se inclinaban como si quisieran mirar de cerca al grupo.

—Cre... creo que no ha sido buena idea venir aquí —opinó Adelaida—. Daría algo por estar sentada ante mi mesa camilla. Busquemos lo que sea de una vez y vayámonos de aquí.

Guillermo no insistió, dándose cuenta de que no le creían. Y sin embargo estaba seguro de haber oído algo. Miró con desconfianza a sus espaldas, preguntándose si el ruido podría haberlo hecho algún animal.

A no mucha distancia, inmóvil detrás del tronco de un ciprés, una figura observaba todos sus movimientos.

—Si tienes miedo, querida Adelaida, nos iremos ahora mismo —propuso Harold.

—¿Miedo, yo? No son los muertos quienes pueden darme miedo, sino cierta clase de vivos. Busquemos esa tumba de una vez. Si alguna lleva esa fecha, tiene que estar en esta parte.

La sombra que los espiaba se acercó cautelosamente hasta poder oír todo lo que decían. Oculta tras un panteón, alcanzó a escuchar las siguientes palabras de Guillermo, que hablaba consigo mismo como tenía por costumbre:

—Me gustaría ser yo el primero en encontrar el tesoro.

Mientras, los cuatro investigadores procuraban, cada uno por su lado, leer las borro-

sas inscripciones de las lápidas. Aunque algunas tenían fechas muy antiguas, ninguna era del año que buscaban.

—Lo más antiguo que he encontrado hasta ahora es 1940 —dijo Harold, agachado junto a una sepultura—. ¿Y vosotros?

Las fechas de los demás eran posteriores. Pronto comprendieron que no encontrarían nada con la fecha de 1900.

—Me temo que esta pista muere aquí, nunca mejor dicho —opinó Arturo—. Habrá que buscar por otro lado.

—Pues no perdamos más el tiempo en este lugar. No me gustaría que se nos hiciera de noche aquí —dijo Adelaida.

El cielo se oscurecía muy rápidamente. Solo una franja más clara en el horizonte permitía ver todavía a unos cuantos pasos de distancia.

—De acuerdo, vámonos —dijo Harold.

Desde su escondite, la figura que los había estado observando los vio dirigirse a la puerta y se preparó para ir tras ellos. Había oído lo suficiente: aquellos dos viejos y los dos chicos a los que conocía bien (eran compañeros suyos de colegio) iban tras la pista de un tesoro. Pues a partir de ese momento él iría tras ellos.

—Estaba deseando largarme —confesó Arturo, en cuanto salieron de nuevo al camino.

—Y yo —admitió Guillermo—. Te aseguro que alguien nos espiaba. Tengo un sexto sentido para esas cosas.

—Dudo mucho que tengas ni siquiera cinco sentidos.

Mientras, el espía corrió a despedirse de su tío, el guarda del cementerio, a quien aquel día había ido a visitar muy oportunamente, y salió en persecución del grupo, aprovechando la creciente oscuridad.

Si Arturo y Guillermo hubieran podido descubrir quién era, no los habría tranquilizado reconocer a su viejo enemigo Paco, un chico de 12 años a quien muchos consideraban el matón del colegio. Los dos habían tenido enfrentamientos con aquel chico violento y estúpido, que además era uno de los admiradores de Vero, y por eso odiaba especialmente a Arturo.

Durante unos minutos, el grupo caminó en silencio. Parecían desanimados. Luego, habló Harold, y su voz profunda llegó perfectamente hasta Paco:

—Supongo, amigos, que tomaréis parte en la velada festiva con los atuendos que lucíais esta mañana.

Guillermo se quedó con la boca abierta, sin entender lo que quería decir Harold. Arturo le tradujo:

—Que si vamos a ir esta noche a la fiesta de disfraces.

—¡La fiesta! ¡No me acordaba!

—Desde luego que asistiremos, Harold —dijo Arturo—. No me la perdería por nada.

—¿Abrigas esperanzas de encontrar allí a cierta personilla por la que te interesas cordialmente?

—Sí, creo que Vero también irá.

Un crujido, como de una ramita tronchada, hizo que Guillermo se volviera rápidamente. Le pareció ver una sombra más espesa que las demás ocultándose a un lado del camino, pero la noche, sin luna, era muy oscura y no pudo distinguir nada concreto.

—Juraría que nos siguen.

—Sí, los indios, seguramente —se burló Arturo—. Mirad, ya se ve la casa de Adelaida.

—¿No os importará volver solos a la urbanización? —preguntó Harold.

—Naturalmente que no —respondió Guillermo.

Y cuando el grupo se deshizo ante la casa de Adelaida, la sombra siguió a los dos chicos.

Un beso por teléfono

Mientras acababa de cenar, Arturo leía algunas líneas del libro que había dejado interrumpido por la mañana. La cena consistía en una pizza casera con un montón de ingredientes, entre los que no faltaban el chorizo y la piña. Arturo solía decir que la piña y el chorizo combinaban muy bien, y su madre no tenía inconveniente en añadir aquellos dos ingredientes a las pizzas que le preparaba.

En cuanto al libro, estaba cada vez más emocionante y terrorífico. La dueña de la casa donde se refugiaba la protagonista había resultado ser una especie de bruja que podía transformarse en distintas clases de monstruo. Ahora se había convertido en un ser verdaderamente horrible que el autor del libro describía con pelos y señales.

Arturo leía esa descripción sin poder apartar los ojos del libro. Al morder algún bocado de pizza, el queso fundido se estiraba sin romperse formando largos hilos blancos; una o dos manchas de tomate adornaban la camisa de Arturo. Pero él no se daba cuenta de nada de eso. Su madre, que hablaba por teléfono en otra habitación, le había puesto la cena antes de que volviese el padre del trabajo, para que Arturo pudiera irse temprano al baile de Carnaval.

Por fin, la buena señora terminó de hablar y fue a ver a su hijo. No le gustó nada encontrarle leyendo en la mesa, porque se lo tenían prohibido.

—¡Arturo!

Arturo dio un respingo, sobresaltado por aquella interrupción en lo más terrorífico del libro.

—¡Arturo! ¡Deja ese libro! ¡No es momento de leer!

Arturo obedeció de mala gana. Pensaba que el mundo estaba muy mal repartido: todos los padres que conocía intentaban que sus hijos leyesen, sin conseguir gran cosa, y sin embargo a él, que le gustaba leer, se lo prohibían.

En ese instante, sonó el teléfono.

—¡Ya voy yo! —exclamó Arturo, levantándose.

Oyó la voz un poco chillona y un tanto excitada de Guillermo:

—¡Tengo lo que necesitas! ¡La canción!

—¿Qué canción?

—¡La canción para Vero! Supongo que no te has olvidado de que ibas a componer una canción de amor para darle una serenata.

—Yo nunca dije nada de serenatas.

—Bueno, ¿la quieres escuchar o no?

—Sí.

—Ahí va. Atento, ¿eh?

Guillermo carraspeó para aclararse la voz y luego canturreó:

«Asómate a la ventana,
bella dama, y te veremos,
y con la luz de tus ojos
la pipa encenderemos».

Hubo unos momentos de silencio, y puesto que Arturo no decía nada, volvió a hablar Guillermo:

—Ya está. ¿Qué te parece? Te has quedado sin habla, ¿eh?

Arturo soltó un bufido de indignación.

—¿A eso llamas tú una canción de amor? ¿Se puede saber de dónde la has sacado?

—De un libro de mi padre.

—Será un libro de terror, como el que estoy leyendo yo —replicó Arturo, sin que su amigo captase la ironía.

—Bueno, si no te gusta..., pasaré a buscarte para ir juntos a la fiesta. ¿En serio no te parece una canción bonita?

En el mismo momento en que Arturo colgaba el teléfono, sonó de nuevo.

—¿Quién es?

Nadie respondió a su pregunta. Influido por el libro, pensó en alguna criatura terrorífica; después recordó la visita al cementerio e inmediatamente volvieron a su memoria el hombre de las gafas negras y el de la cabeza rapada. Se estremeció sin poder evitarlo.

—¿Quién es? —repitió.

Ahora podía oír una respiración.

—Sé que estás ahí —gruñó—. Deja de hacer el idiota.

Tal vez fuese Guillermo o tal vez no, pero pensó que si provocaba a su interlocutor conseguiría hacerle hablar.

Sin embargo, todo lo que oyó fue una risita apagada.

No parecía Guillermo. Parecía... Pero no, eso sería demasiado maravilloso. Ella no le había llamado nunca.

—Sé quién eres —aseguró, muy poco convencido.

Se repitió la risita, y a continuación un sonido breve, inconfundible, absolutamente inesperado y maravilloso.

Un beso.

¡*Ella* le enviaba un beso por teléfono! A menos que fuese Guillermo, en cuyo caso Arturo se prometió que estrangularía a su amigo.

Y entonces tuvo un momento de inspiración, un arranque de audacia. A pesar de que la impresión le había dejado sin aliento y que estaba sonrojado como un semáforo en rojo, habló lenta y claramente:

—Gracias, Vero, tú también me gustas.

Hubo una especie de gritito apagado (¡de chica!, ¡aquella voz era de chica y él la conocía bien!) y colgaron.

Arturo volvió a la mesa caminando como un sonámbulo.

—¿Se puede saber qué te pasa, hijo? —preguntó su madre.

—Mamá —suspiró Arturo, cuando por fin pudo volver en sí—, oh, mamá, estoy enamorado de una chica y creo que le gusto.

—Arturo, tienes 11 años —informó la madre seriamente.

—Ya lo sé, mamá.

—Bueno, pensándolo bien, hay gente que se enamora a esa edad, incluso antes. ¿Quién es la chica, la conozco yo?

—Es muy guapa, mamá. Una princesa. Una princesa china.

—¿Una princesa china? ¡Qué cosas más raras te pasan, hijo! Anda, termina de cenar. ¿Sabes lo que creo? Que tu amigo Guillermo te ha contagiado sus fantasías.

—¿No será que Guillermo te ha contagiado? —preguntaba Adelaida, medio en broma, exactamente al mismo tiempo.

—Te digo que había alguien siguiéndonos, Adelaida —respondió Harold—. No era una fantasía de Guillermo, era la verdad.

—¿Y por qué no has dicho nada?

—Esperaba a que nuestro perseguidor se acercase lo suficiente. Pero se ha mantenido a distancia, o tal vez se ha cansado de seguirnos. Pero eso me ha hecho recapacitar, y me he dado cuenta de que me he comportado como un imprudente. He puesto a los chicos en peligro.

—No tienes ninguna culpa. ¿Y qué podemos hacer ahora?

—Mantenerlos al margen para que no se vuelvan a encontrar con esos dos hombres.

—Estoy de acuerdo, pero ¿tú crees que esos hombres volverán?

—Creo que intentarán algo para asustarte y obligarte a vender. Recuerda lo que ha dicho el que no tiene pelo: «Figúrese que hay un incendio en esa casa y usted se queda sin nada».

—¿De veras los crees capaces de algo así, Harold?

—Lo que creo es que, si alguna vez lo van a intentar, será esta misma noche.

—¿Por qué?

—Porque ahora están furiosos, y porque esta es la noche perfecta. Piénsalo: noche de

Carnaval, gente disfrazada por todas partes, fuegos artificiales...

—Creo que tienes razón, pero no se me ocurre nada. No puedo llamar a la policía por unas simples sospechas, y no nos vamos a ir a la casa vacía a montar guardia.

—¿Por qué no? Eso es precisamente lo que deberíamos hacer.

—Vamos, no hablarás en serio, Harold.

—Desde luego que sí. Me gustaría volver a la casa esta misma noche, y de paso inspeccionarla una vez más para ver si en alguna parte figura la fecha de 1900.

—Esa fecha... Juraría que alguna vez la he visto allí, en la casa, pero no consigo recordar dónde.

—Vayamos ahora, Adelaida. Presiento que esta noche hallarás por fin tu herencia. Me lo dice el corazón.

—¡Corazoncito! ¡Cuchi, cuchi! —se burló amistosamente Guillermo—. ¿Estás seguro de que era ella la que te ha llamado?

—Era ella, lo sé. ¿Y sabes lo que he hecho? Le he dicho que ella también me gustaba a mí.

—¡Oooh! ¡Qué romántico!

Los dos amigos llevaban sus disfraces de por la mañana. Se encaminaban hacia el colegio, donde se celebraba el baile de Carnaval. Tras ellos, una sombra se deslizaba aprovechando las zonas de oscuridad.

Era Paco, dispuesto a no perderlos de vista hasta que averiguase algo más sobre el tesoro escondido. Y no tuvo que esperar mucho para oír unas palabras que le hicieron erguir las orejas como un perro de caza.

—He estado pensando en el mensaje en clave —dijo Arturo—, y creo que tengo la solución.

—¿En serio?

—Sí. No sé cómo no se me ocurrió desde el principio. Es un acróstico.

—¿Y eso qué es?

—Atiende bien —dijo Arturo.

Y dos pares de oídos, uno de ellos oculto tras un árbol, escucharon sus explicaciones con la mayor atención.

Se necesita un hombre de acción

—Un acróstico —dijo Arturo— es cuando ciertas letras de un escrito, generalmente las iniciales, forman una palabra o una frase. ¿Recuerdas cómo empieza cada línea?

—Más o menos.

—Yo lo recuerdo exactamente. Me he aprendido el mensaje al pie de la letra, como Harold. Las líneas empiezan así: «Chilla, menos, negro, allí». ¿Qué te dice eso?

Guillermo se encogió de hombros. Estaban los dos tan absortos en su conversación que no advirtieron aquella cara, fea, con ojillos astutos y un principio de bigote, que asomaba a tres o cuatro pasos de distancia por detrás del tronco de un árbol.

—No me dice nada —confesó Guillermo—: una *ce*, una *eme*...

—Claro, si tomas solo la primera letra no tiene ningún sentido. Es lo que me ha pasado a mí al principio, hasta que he dado con la solución. Hay que tomar una sílaba de cada línea. Es decir...

—¡Chi-me-ne-a! —exclamó Guillermo—. ¡Chimenea! ¡Es genial!

Arturo asintió satisfecho.

—Sí. Bueno, la verdad es que no ha sido muy difícil. Se me ha ocurrido cuando me has recordado tú lo de la canción para Vero. He pensado en hacerle un acróstico, y entonces...

—¿Y la campana? —le interrumpió Guillermo.

—¿Qué pasa con la campana? ¿Aún no lo comprendes? ¡Se refiere a la campana de una chimenea! ¡La única clase de campana en la que hay humo y llamas!

—¡Genial! —repitió Guillermo—. ¡Genial el tío que escribió el *crustáceo,* o el *pronóstico,* o como se llame!

—Se llama acróstico. ¿Y qué me dices de la mente prodigiosa que lo ha descifrado?

—Vale, genial también —concedió Guillermo—. ¿Y qué pasa con el «negro agujero mil novecientos»?

—¡Es una chimenea construida en el año 1900!

—Pero no hay ninguna casa tan antigua por aquí...

—Piensa un momento.

La cara horriblemente pintarrajeada de Guillermo se contrajo por el esfuerzo. Bizqueó. Resopló. Hacía lo mismo en clase cuando intentaba recordar una respuesta.

—¡Ya lo tengo! —exclamó al fin—. ¡La vieja casa de Adelaida! ¡La casa abandonada!

—Eso es —aprobó Arturo—. ¿Recuerdas que hay una chimenea en el salón? ¡Por fuerza, el tesoro tiene que estar allí!

—¡En la chimenea! ¡Dentro de la chimenea! ¡En el único sitio donde no se le ha ocurrido buscar a nadie! ¡Vamos ahora mismo a avisar a Adelaida y a Harold!

—¿Ahora? Nuestras madres nos matarán si se enteran de que hemos ido hasta la casa de Adelaida de noche. Se lo diremos mañana por la mañana. Si el tesoro ha estado ahí tantos años, nadie se lo va a llevar precisamente esta noche.

Los dos amigos, que se habían detenido mientras hablaban, reanudaron su camino en dirección a la fiesta de disfraces. Esta vez, la sombra no fue tras ellos.

Paco, que había podido oírlo todo (la voz algo chillona de Guillermo alcanzaba a oírse a considerable distancia), rio silenciosamente. Sabía dónde estaba la casa abandonada. Se adelantaría a aquel par de tontos y se haría con el tesoro sin esperar al día siguiente. Cuando llegasen ellos, no encontrarían nada. Solo carbón, como los niños malos.

Emprendió el camino hacia la casa. Una vez la había estado explorando con otros chicos. Recordaba que no había ninguna dificultad para entrar.

Se cruzó con gente de todas las edades antes de dejar atrás las calles de la urbanización. Romanos, piratas, animales de todo tipo... Iban a la fiesta, charlando con animación y riendo a carcajadas. Nadie pareció fijarse en él, y nadie le saludó. No era precisamente popular entre los de su edad, y los más pequeños le tenían miedo.

Ya en el campo, apresuró el paso. Finalmente, la impaciencia le hizo correr.

Llegó al viejo chalé, que tenía el aspecto solitario y melancólico de siempre, y que en la oscuridad parecía un tanto inquietante.

Observó que la puerta estaba rota y entró por el hueco gateando.

Habían salido algunas estrellas, pero era muy poca la luz que conseguían arrojar a través de las ventanas, y en el salón la negrura era tal que apenas podía ver sus propias manos. Lamentó no haber pensado en traer una linterna, pero ya no iba a volver atrás. Quería ver cuanto antes cuál era el tesoro que ocultaba la chimenea; estaba dispuesto a buscarlo aunque fuese a tientas.

Llegó a la gran campana y se puso debajo. Miró hacia lo alto intentando ver el cielo, pero su mirada se perdió en las tinieblas. Sintió una rara sensación, algo así como una corriente de aire frío que le rozaba, y se preguntó si en la casa habría un fantasma. Se estremeció. Quiso hablar en voz alta para tranquilizarse.

—Tonterías —dijo, y su propio tono de voz le asustó más.

De repente, tuvo no ya la sensación, sino la certidumbre de no estar solo.

Había alguien en la oscuridad, acechando.

Fue a retroceder hacia la puerta y entonces ocurrió algo que se lo impidió.

Una mano, en la oscuridad, le sujetó por el cuello.

—¡Dios mío, Harold!

—¿Qué ocurre, Adelaida?

—Lo tengo. ¡Lo tengo!

—¿Tienes qué, Adelaida?

—El año 1900. ¡Ya sé dónde he visto esa fecha!

—Bien, ¿y dónde fue?

—¡En la chimenea! ¡En la chimenea del salón de mi antigua casa! No lo recordé antes porque es una inscripción en números romanos: «MCM», ¿comprendes?

—Desde luego. Fui profesor de latín hace

unos 50 años.

—Ahora yo también creo que deberíamos ir inmediatamente a la casa. Registraremos la chimenea. Lo mejor será llevar un pico por si hay que excavar. Y unas cuerdas. Probablemente será necesario descender por el hueco, desde el tejado.

—Adelaida, yo..., ejem..., nosotros...

—¿Sí, Harold?

—Nosotros ya somos un poco mayores para esas cosas. Entre los dos sumamos al menos 150 años. Yo ya no estoy muy ágil, y tú ya no estás..., perdóname..., ya no estás muy delgada. Necesitaremos que otra persona descienda por la chimenea en lugar de hacerlo nosotros.

—Pero ¿quién haría una cosa así? ¿Tenemos algún amigo de confianza a quien pedírselo que no sea de nuestra edad?

—Naturalmente.

—Espera, ¿no estarás pensando en...?

—Naturalmente.

—Pero son dos niños. Y dijiste que los dejaríamos al margen.

—Será la última vez que les pidamos ayuda. Ellos no nos perdonarían que no los avisáramos para el último acto.

—No me parece bien, Harold. Necesitaríamos a un hombre. Un hombre de acción.

—Naturalmente —sonrió Harold, y su viejo y arrugado rostro se iluminó mientras miraba con afecto a Adelaida.

—¡Oh! —exclamó Adelaida—. ¿Estás pensando en Guillermo?

—Naturalmente. Arturo también está gordito.

Harold se mordió los labios nada más pronunciar la palabra *también*; pero Adelaida parecía no haberse dado cuenta.

—Pero no podemos llamarlos a su casa, de noche, para una cosa así.

—No los llamaremos a su casa. No están en su casa. A estas horas estarán en el baile de disfraces.

Empieza el baile

El baile estaba muy animado.

El gimnasio del colegio resplandecía con las luces de colores, guirnaldas y adornos que los propios alumnos habían preparado. Mayores y pequeños, casi todos disfrazados, lo estaban pasando en grande. La música y las risas se escuchaban casi de un extremo a otro de la urbanización. Para muchos, era la mejor fiesta a la que habían acudido en toda su vida.

Guillermo, espantoso muerto viviente con su puñal clavado en el pecho, se divertía asustando a sus muchos amigos y conocidos. Arturo, elegante esqueleto de bien dibujados huesos, contemplaba a una princesa china de ojos rasgados y brillante kimono que bailaba con sus amigas.

Arturo sentía mucho no saber bailar, y sentía más aún ser tan tímido. Suponía que se pasaría toda la noche así, mirando, pero no le importaba. Estaba acostumbrado. Y le bastaba con poder contemplar a Vero. Hablar con ella habría sido una impresión demasiado fuerte.

Aunque era todavía temprano, y gracias a la afluencia de muchos niños a los que sus padres habían permitido ir solos, el gimnasio estaba ya repleto. Los *cowboys*, piratas, romanos y extraterrestres alternaban con enfermeras, bailarinas y señoras con bigote y piernas peludas y pechera abultadísima. El Pato Donald bailaba con la Sirenita, un tambor de detergente con una margarita y Supermán con una sevillana.

Y entonces ocurrieron dos cosas, ambas inesperadas.

Primera: una pareja de ancianos, hombre y mujer (el hombre parecía ir disfrazado de espantapájaros), se acercó al zombi y durante unos minutos se les vio a los tres cuchichear en un rincón.

Segunda: la princesa china sacó a bailar al tímido esqueleto.

Arturo sintió que se ponía colorado como un tomate de los más maduros. Tuvo la impresión de que enrojecía desde el pelo hasta las uñas de los pies. Y entonces la chinita dijo aquellas palabras:

—Me ha encantado lo que me has dicho por teléfono.

Arturo tosió, carraspeó, se sofocó, se atragantó.

—Yo...

—Es cierto que me gustas —dijo entonces ella.

Arturo hizo:

—Glub.

—Y me alegro de gustarte también yo a ti, Arturo.

Posiblemente, el pobre esqueleto habría caído al suelo de la emoción si en ese momento sus amigos no hubiesen aparecido providencialmente.

—Arturo, vamos a la casa. ¿Prefieres venir o nos esperas?

—¿Vais... vais a la ca... a la caca... a la casa? —tartamudeó Arturo—. ¿A la casa deshabitada? ¿Ahora? Está bien, voy con vosotros.

—Si tienes que irte —dijo Vero—, te esperaré para que bailemos cuando vuelvas. Volverás, ¿verdad?

Fue entonces cuando sus muchas lecturas acudieron en ayuda de Arturo.

—Nada podría impedírmelo, princesa.

Y después de esa brillante despedida, salió al trote detrás de sus amigos.

El viejo coche de Adelaida, un anticuado modelo con el techo muy alto, pintado de amarillo, avanzaba dando tumbos por el estrecho camino.

A izquierda y derecha, el campo dormía en la oscuridad sin que en ningún momento

llegase a hacerse el silencio completo. Tanto del pueblo como de la urbanización llegaban sonidos de músicas lejanas, y los perros de las casas más próximas, alterados, ladraban y ladraban en respuesta a los ruidos.

—En cuanto pasemos aquella curva, veremos la casa —advirtió Adelaida.

—Entonces será mejor que dejemos el coche aquí, no vayan a estar esos dos y nos vean llegar.

—Creo que exageras con tus precauciones.

De todos modos, Adelaida sacó el coche del camino enfilando un diminuto bosquecillo donde podían ocultarlo.

—Prefiero ser precavido en exceso... ¡Eh, mirad! ¡Alguien ha tenido la misma idea que nosotros!

Entre los árboles había ya un vehículo.

—Es el coche de Gafas Negras y Cabeza Pelada —observó Guillermo—. Estarán en la casa. ¿Avisamos a la policía?

—Si se disponen a quemarme la casa, mientras vamos y volvemos con la policía les da tiempo a incendiarla y huir —respondió Adelaida.

—Entonces corramos a impedírselo —propuso Harold.

—Si nos presentamos los cuatro por las buenas, no conseguiremos nada —objetó Adelaida—. Y puede que vayan armados.

—Una vez fui militar, aunque hace por lo menos 50 años de eso —informó Harold—. No he olvidado algunos trucos para sorprender al enemigo. Os diré lo que vamos a hacer...

Paco lo estaba pasando mal.

El hombre que le tenía sujeto parecía dispuesto a romperle el cuello. Ya le habían obligado a hablar y ni aun así le soltaban.

—De modo que lo que buscabas aquí a estas horas es nada menos que un tesoro

—dijo aquella voz en la oscuridad—. Un tesoro oculto en la chimenea.

—Por eso la vieja no quería vender a ningún precio —gruñó el que le sujetaba por el cuello, un tipo con el cráneo afeitado y casi brillante a la escasa luz de las estrellas.

—Tú no hables más y no dejes que te vea —ordenó el que parecía el jefe—, o tendremos que taparle la boca al chico.

Paco sintió que un escalofrío le corría a lo largo de la espina dorsal. Deseó no haber oído hablar nunca del tesoro.

—Dime, chico —dijo la misma voz—, ¿sabes quiénes somos?

—No.

—¿Nos has visto la cara a alguno?

—No —respondió Paco, callando que había visto la cabeza afeitada del que le tenía sujeto.

—Nosotros sí te conocemos. Sabemos dónde vives. Si alguna vez se te escapa una sola palabra relacionada con esta casa y esta noche, iremos a por ti.

—No, señor. No diré una palabra.

Paco, el matón, acostumbrado a hacer pasar miedo a los demás, estaba probando el amargo sabor de su propia medicina y no le

gustaba nada. Tenía un dolor de vientre tan fuerte que no sabía si podría contenerse.

—Lárgate —ordenó la voz.

No esperó a que se lo dijeran dos veces. Salió a toda prisa por el agujero de la puerta y echó a correr en la oscuridad tan rápido como podía.

Le pareció ver extrañas sombras que se movían, unas detenidas junto a la casa y otras que trepaban hasta el tejado, pero no se detuvo a comprobarlo. No quería saber nada más de aquella casa, solo deseaba volver a la suya y meterse en la cama, o tal vez esconderse debajo de ella.

—Necesitaríamos alguna herramienta. Y luz, una lámpara de gas o una linterna potente. Y cuando hayamos encontrado lo que buscamos, prenderemos fuego a la casa.

—Bien pensado, jefe.

—¿Qué ha sido ese ruido?

—No he oído nada, jefe. Habrá sido algún ratón.

—Bien, pues vete a buscar lo que nos hace falta, y...

Una voz femenina, repentina como el grito de una lechuza, los hizo dar un respingo.

—¡Fuera de ahí, sinvergüenzas!

Durante unos instantes, los dos hombres se quedaron paralizados y mudos por la sorpresa. Y acto seguido oyeron otra voz, procedente del otro lado de la casa:

—¡Están rodeados! ¡Salgan con los brazos en alto!

—Es la policía, jefe —susurró el de la cabeza rapada.

—No, es ese viejo entrometido. Reconozco su voz. Solo son los dos viejos. Vamos a por ellos.

Ambos hombres se habían vuelto de espaldas a la chimenea al oír las voces. De pronto, oyeron un grito horrible que les puso la piel de gallina. Procedía precisamente del hueco de la chimenea. Y de allí surgió también una espesa nube de polvo y una lluvia de hollín.

Al mismo tiempo se oyó algo semejante al roce de un cuerpo deslizándose. Seguramente pensaron que, si se trataba de un ratón, era el ratón más grande del mundo.

Y de golpe se materializó ante ellos aquella visión espantosa: un cadáver con un cuchillo clavado en el pecho.

Por si fuera poco, se oyó un nuevo grito, y una segunda aparición aterrizó junto a la primera: un esqueleto de huesos brillantes cuya calavera parecía estar chillando.

Al ver a los dos fantasmas, los hombres sintieron el impulso irresistible de huir. No pensaron en disfraces ni en ninguna otra cosa que no fuese salir de allí cuanto antes. Los gritos de Harold y Adelaida los habían puesto nerviosos, y el lugar y las circunstancias no permitían detenerse a pensar. Tal vez por eso no advirtieron que los dos fantasmas parecían tan asustados como ellos.

Cabeza Pelada se lanzó hacia la puerta; su jefe le alcanzó en ella e intentó apartarle para escapar primero. Forcejearon y se empujaron histéricamente. Cuando por fin lograron salir, echaron a correr, alejándose de la casa sin mirar atrás.

Un tesoro muy valioso

Apenas los dos hombres se hubieron perdido de vista, perseguidos por los gritos de Adelaida, entraron los ancianos en la casa.

Primero pasó Harold, para ayudar desde dentro a Adelaida. Tuvo que tirar de ella con cierta fuerza, porque la buena señora tendía a quedarse atascada en el agujero de la puerta. Una vez dentro, colocaron en el alféizar de una ventana la linterna que Adelaida había tomado de su coche, y gracias a aquella luz pudieron ver a los maltrechos «monstruos».

—¿Estáis bien, chicos? ¿Qué os ha ocurrido? El plan no era bajar por la chimenea como Santa Claus, sino solo asomaros desde arriba para asustar a esos dos.

—Es lo que intentaba —refunfuñó Arturo, que sentado en el suelo se frotaba una rodilla—, pero este imbécil me ha empujado y nos hemos caído los dos.

—No te he empujado —protestó Guillermo, que se dedicaba a frotarse también, pero no la rodilla, sino el trasero—; me he caído y te he arrastrado conmigo sin querer. Aún no me puedo creer que hayamos pasado por ese hueco tan estrecho.

—Pues ha sido muy oportuno —se rio Adelaida—. Se han figurado que erais un par de espectros.

Arturo se quitó la capucha con la calavera pintada y resopló satisfecho.

—Hemos vencido por abandono del enemigo, ¿eh, Harold? ¿Te parece que les quedarán ganas de volver alguna vez por aquí?

—Seguro que no, amigos. Y a propósito de la chimenea, tenemos una noticia para vosotros. Creemos que la herencia de Adelaida está ahí, en la campana.

—Voy a comprobar lo de la fecha —dijo Adelaida, acercando la linterna a la chimenea.

Los demás se aproximaron también para inspeccionar con ella la campana de piedra. No tardaron mucho en encontrar una inscripción casi borrada pero aún legible.

—¡Mirad aquí! —exclamó Arturo—. ¡Hay unas letras! Dicen: «*ANNO MCM*». Creo que ya sé lo que significan.

—Yo también —intervino Guillermo—. *Anno* quiere decir cu...

—No seas bestia —le interrumpió Arturo—. Seguro que no es eso.

—Significa *año* en latín. Y *MCM* es la fecha que buscábamos: 1900 —explicó Harold.

—Tenías razón, Arturo —dijo Guillermo—: el mensaje era un *acueducto*, digo un *acústico* o como se diga eso. Y la palabra clave era *chimenea*.

—Ahora solo tenemos que buscar por dentro de la campana. Seguramente habrá un hueco y... —Arturo se detuvo al fijarse en la expresión escéptica de Harold.

—¿No crees que estará ahí?

—Podemos probar, amigo, pero mucho me temo que no encontraremos nada.

Los dos chicos comenzaron a palpar el interior de la campana, puesto que tenían las manos ya sucias de hollín, pero a pesar de hacerlo con el mayor cuidado no consiguieron encontrar ninguna parte suelta o que sonase a hueco.

Después probó Harold, que al ser tan alto alcanzaba a inspeccionar mucho más arriba que ellos. Consiguió tiznarse también las manos, la cara y el curioso sombrero de paja que nunca se quitaba, pero no logró nada más.

—Nada, tal como me temía —dijo al fin.

—Pero ¿cómo es posible? Seguro que esta vez hemos interpretado correctamente el mensaje.

—Correctamente tal vez, pero no por completo —objetó Harold.

—¿Qué quieres decir?

—Nadie duerme de pie.

Los otros tres le miraron sin entender.

—¿Eh?

—¿Cómo?

—¿Qué?

—Digo que nadie duerme de pie. ¿No os dais cuenta? Estamos olvidando algo. La cama. «Allí tendrás que hacer tu cama», decía la nota. Y no la hemos hecho.

—¿Te refieres a...?

—¿Quieres decir que...?

Arturo se dio una palmada en la frente, levantando una nubecita de polvo negro.

—Ya lo entiendo.

Y se tumbó en el suelo, con la cabeza al lado del hogar.

—¿Es esto lo que estás queriendo decir, Harold?

—No exactamente, amigo. Al revés.

—¿Boca abajo?

—No —se rio Harold—. Si te hicieras una cama junto al fuego, no meterías la cabeza entre las llamas. Más bien, pondrías los pies cerca del calor.

Arturo cambió de posición, colocando los pies donde anteriormente había puesto la cabeza. En esa postura, preguntó:

—¿Cómo era de alto tu marido, Adelaida?

—Normal. Pero no entiendo...

—¿Más alto que tú... y menos que Harold?

—Por supuesto. Pongamos... pongamos unos 15 centímetros más alto que tú.

—Está bien —asintió Arturo—. Podéis marcar el suelo a 15 centímetros de mi cabeza. Ahí es donde tenemos que picar.

Guillermo fue el primero en escudriñar el suelo en la zona indicada por su amigo. Menos antiguo que otras partes de la casa, el suelo era de baldosas rectangulares que imitaban el mármol. Cuando Guillermo hubo investigado tres o cuatro, se detuvo de pronto, palpando una de las baldosas con detenimiento.

—No hará falta picar —anunció—. Esto se mueve.

Impacientes, los demás quisieron hacer la misma comprobación y se agacharon junto a él. En efecto, la baldosa parecía moverse unos milímetros si se la presionaba en un lado.

—Afortunadamente, llevo una navaja —dijo Harold.

Por turnos, hurgaron y escarbaron con la punta de la navaja alrededor de la baldosa. Estaban tan emocionados que no hablaban, excepto para dejar escapar alguna exclamación. Los cuatro estaban seguros de que por fin tenían lo que tanto habían buscado al alcance de sus manos.

Al cabo de unos minutos, el trabajo estaba hecho y la baldosa salió limpiamente, descubriendo una zona de 25 centímetros aproximadamente de ancho por algo más de medio metro de longitud. En el hueco que quedaba, bajo una capa de cemento en polvo, se veía la tapa de un pequeño cofre.

—¡Es un arca pequeña! —exclamó Guillermo.

—¡La arquilla que tenía mi marido en el despacho de la farmacia! —habló Adelaida—. Recuerdo que desapareció poco antes de morir él.

Continuaron escarbando unos minutos, de un modo más lento y cuidadoso, dejando espacio a ambos lados de la arquilla para poder meter los dedos. Cuando calcularon que ya se podía sacar, interrumpieron el trabajo, y Harold y los chicos se volvieron hacia Adelaida.

—A ti te corresponde sacarla —dijo Harold.

La linterna, apoyada en el único mueble, el viejo sofá destripado, iluminaba la escena de una manera un poco fantasmal y proyectaba cuatro largas sombras sobre la pared. Arturo pensó que aquel momento era tan emocionante como algunos de los libros que había leído. Sentía su corazón galopando hasta casi hacerle daño en el pecho.

Guillermo, en cuya memoria se almacenaban más películas que libros, dijo sonriente:

—Es un gran momento, amigos. Después de vencer tantos peligros, estamos a punto de conseguirlo.

—Nunca olvidaré lo mucho que me habéis ayudado —dijo Adelaida.

Con manos temblorosas, abrió la arquilla, que no estaba cerrada con llave, y entonces aparecieron a la vista de todos los fajos de cartulinas sujetas con gomas elásticas, que en un primer momento tomaron por billetes.

Pero no eran billetes. Eran algo que nadie se esperaba.

Fotografías.

Docenas de fotos. Y todas ellas con el mismo tema.

Bebés.

En una aparecía un bebé gordito y sonriente. En otra, un recién nacido que lloraba a todo pulmón. En otra, el bebé de turno estaba dormido. En otra más, el pequeño tenía la carita congestionada como si estuviese haciendo caca. Y así en todas las demás. Solo fotos de bebés. Siempre bebés.

—Hay una carta —dijo Adelaida, desdoblando una hoja de papel que acompañaba a las fotos—. Voy a leerla en voz alta:

«Querida Adelaida:

Estas fotos son una pequeña sorpresa que te he estado guardando desde hace muchos años. Son los niños que ayudaste a traer al mundo.

Muchas veces te vi triste por no haber tenido un hijo propio, nuestro. Por eso pensé en hacer estas fotos, para recordarte que has proporcionado a mucha gente los momentos más felices de su vida. Son los niños que ayudaste a nacer; son un poco hijos tuyos, y estoy seguro de que nadie les habría dado tanto amor al llegar al mundo como tú les diste.

Sin decirte nada, fui casa por casa después de cada nacimiento pidiendo que me permitieran hacer una foto del bebé. Encontrarás sus nombres y la fecha de nacimiento, y en muchos casos unas palabras escritas por los padres».

Con los ojos llenos de lágrimas, la anciana eligió una foto cualquiera, que mostraba a un bebé sonrosado que berreaba, y miró el dorso.

Había una fecha y una dedicatoria:

«Los padres de Guillermo Moreno, con nuestra gratitud y afecto, para Adelaida».

Después, volvió a la lectura de la carta de su marido, de la que solo quedaban unas líneas:

«Siempre encontré apoyo en ti, igual que tú te apoyas en tu bastón. Encontrarás algo para ti si miras a los ojos al búho y le retuerces el cuello. Es mi regalo de amor».

En silencio, los cuatro habían clavado sus miradas en el bastón de Adelaida. Ella observó con la mayor atención la empuñadura, aquella curiosa cabeza de búho de la que siempre le habían gustado especialmente los ojos, de un rojo brillante.

—Los ojos —empezó Harold—. ¿No lo veis? Aseguraría que son...

—¡Rubíes! —completó Arturo—. Deben de valer una fortuna.

—Pero ¿qué significa eso de retorcer el cuello al búho? —preguntó Guillermo.

—Creo que quiere decir que hay que hacerlo girar —opinó Arturo.

—Yo también lo creo —dijo Adelaida, al tiempo que intentaba girar la cabeza del búho sin lograr nada—. Esperad, voy a probar en sentido contrario. ¡Sí! ¡Está cediendo! ¡Se desprende!

Al quitar la cabeza, se hizo evidente que el bastón estaba hueco. Adelaida lo mostró a los demás y todos pudieron ver en su interior una moneda antigua, al parecer de oro.

En ese instante todos tuvieron la misma idea: ¿y si el bastón estaba repleto de monedas encajadas a presión una encima de otra? Y mientras Adelaida le daba la vuelta, todos contuvieron la respiración.

Y del bastón empezó a caer una cascada de monedas que repiqueteaba en el suelo, una prodigiosa lluvia de oro, la fortuna que durante años había llevado Adelaida, sin sospecharlo, en su mano.

Si alguien hubiese pasado en aquel momento cerca de la casa abandonada se habría sobresaltado al oír cuatro voces que gritaban a coro llenas de alegría.

Epílogo

El viejo coche amarillo de Adelaida dejó a los dos amigos frente al colegio.

—¿No entráis al baile? —preguntó Guillermo.

—No, gracias —respondió Harold—. Prefiero tener la oportunidad de hablar con Adelaida sin tanto jaleo.

—Espero que nos volvamos a ver...

—¡Naturalmente! ¿Acaso no somos amigos? Suerte, Guillermo. Y suerte a ti, Arturo, con tu bella enamorada.

—Y gracias, chicos —añadió Adelaida—. Me alegro de que hayáis estado conmigo en uno de los momentos más emocionantes y felices de mi vida.

—Hasta pronto —saludó Arturo, mientras el coche se ponía en marcha nuevamente.

Después, los dos amigos se encaminaron hacia el gimnasio.

Al llegar a él, se detuvieron sorprendidos y admirados, porque la fiesta continuaba aún más animada que cuando la habían abandonado.

—Apenas se habían mezclado con la gente, cuando una niña se cruzó con ellos. Llevaba un siniestro maquillaje y viejas ropas hechas jirones. Una auténtica zombi.

—¡Eh, espera! —la llamó Guillermo—. ¿Cómo te llamas?

Mientras iba tras ella, Guillermo giró un instante la cabeza para despedirse de su amigo:

—Te avisaré cuando se presente una nueva aventura.

—De acuerdo —respondió Arturo sonriendo.

uspiró buscando en torno con la mirada.

Alguien, a su lado, le tocó en el brazo.

—Me alegro de que hayas vuelto. —Arturo miró la pequeña mano que se apoyaba en su brazo.

Vio la brillante manga del kimono. Admiró los ojos maquillados y la sonrisa de la niña. Suspiró otra vez.

—Vero... —saludó, con un hilito de voz.

—¿Dónde te habías metido?

Arturo respondió sin pensar. Cuando estaba cerca de Vero nunca conseguía pensar.

—Estaba buscando un tesoro.

—¿Y lo has encontrado?

¿Qué hubiera contestado un héroe de libro? Arturo percibió que los ojos de Vero le daban la inspiración necesaria para responder:

—Ahora sí.

Y en su corazón sintió que era la pura verdad.

Aquí acaba este libro
escrito, ilustrado, diseñado, editado, impreso
por personas que aman los libros.
Aquí acaba este libro que tú has leído,
el libro que ya eres.